Um encontro com a liberdade

Um encontro com a liberdade

JÚLIO EMÍLIO BRAZ
Ilustrações de Roberto Weigand

Direção-geral: Vicente Tortamano Avanso
Direção adjunta: Maria Lucia Kerr Cavalcante de Queiroz

Direção editorial: Cibele Mendes Curto Santos
Gerência editorial: Felipe Ramos Poletti
Supervisão de arte, editoração e produção digital: Adelaide Carolina Cerutti
Supervisão de controle de processos editoriais: Marta Dias Portero
Supervisão de direitos autorais: Marilisa Bertolone Mendes
Supervisão de revisão: Dora Helena Feres
Consultoria de iconografia: Tempo Composto Col. de dados Ltda.

Coordenação editorial: Gilsandro Vieira Sales
Assistência editorial: Paulo Fuzinelli
Auxílio editorial: Aline Sá Martins
Coordenação de arte: Maria Aparecida Alves
Produção de arte: Obá Editorial
Edição e projeto gráfico: Mayara Menezes do Moinho
Editoração eletrônica: Bruna Marchi e Huda Guimarães
Coordenação de revisão: Otacilio Palareti
Revisão: Otacilio Palareti
Coordenação de iconografia: Léo Burgos
Pesquisa iconográfica: Douglas Cometti
Coordenação de produção CPE: Leila P. Jungstedt
Controle de processos editoriais: Bruna Alves

Dados Internacionais de Catalogação na Publicação (CIP)
(Câmara Brasileira do Livro, SP, Brasil)

Braz, Júlio Emílio
Um encontro com a liberdade/Júlio Emílio Braz; ilustrações de Roberto Weigand. – São Paulo: Editora do Brasil, 2016. – (Coleção histórias da história)

ISBN 978-85-10-06313-5

1. Ficção juvenil I. Weigand, Roberto. II. Título. III. Série.

16-04420 CDD-028.5

Índice para catálogo sistemático:
1. Ficção: Literatura juvenil 028.5

1ª edição / 7ª impressão, 2024
Impresso na HRosa Gráfica Editora

Avenida das Nações Unidas, 12901
Torre Oeste, 20º andar
São Paulo, SP – CEP: 04578-910
www.editoradobrasil.com.br

Este livro é dedicado à Professora Maria Zilá Teixeira de Matos, da Escola Municipal Oswaldo Cruz, em Belo Horizonte, e à pedagoga Eliane Cavallero, de São Paulo.

A propriedade escrava é um (...) roubo, contrária aos princípios humanos a que qualquer ordem jurídica deve servir.

José do Patrocínio

Numa manhã de setembro

1871

Manhã de sol fraco. Um vento inesperadamente frio e hostil soprava do porto cabriolando pelas vielas estreitas e malcheirosas que se entrecruzavam, ainda escuras, nas proximidades do morro de Santo Antônio. De alguns prédios velhos e acachapados da Primeiro de Março, vinham vozes nitidamente embriagadas e um homem rolou os poucos degraus de uma escada que levava para dentro de um deles. Ali ficou e não se viu ninguém disposto a ajudá-lo quando o infeliz, sangrando por um grande corte na têmpora direita, engatinhou prédio adentro. Um bonde puxado por burros passou sonolento. Um caleche gingava no calçamento esburacado. Vendedores de tudo e mais um pouco – carvão, galinhas, vassouras, leite tirado da vaca que seu proprietário puxava por uma corda ensebada – começavam a vir de todas as direções numa grande maré ruidosa. Barulho, muito barulho, caleches e carroças misturando-se à crescente confusão de carros puxados por homens truculentos e, não raramente, sujíssimos.

Valentim Pedrosa caminhou com certo orgulho para dentro da igreja de Nossa Senhora do Carmo, Henriqueta acompanhando-o com a criança pequena, pouco mais do que um recém-nascido, enrolada numa manta. Padre Quintino já os esperava na companhia de dois noviços. Valentim, um português corpulento e de espessas sobrancelhas grisalhas como o cabelo que crescia em duas grandes costeletas e nas têmporas, sorriu, agradecido, ao reconhecer mais três outras pessoas entre aqueles que os esperavam: Hermes Saldanha, um comerciante imenso de vasto bigode vermelho, que possuía uma pequena loja de secos e molhados vizinha à sua; e Fernando e Veridiana Feitosa Abrantes, conterrâneos que chegaram com ele muitos anos antes e se estabeleceram para os lados do Russell com uma loja de roupas que atendia à rica clientela da praia do Flamengo. Amigos de verdade, os poucos que aceitaram o seu convite para presenciar o batismo de seu filho.

– Gabriel – informou, por trás de um sorriso que alargou-se um pouco mais depois que o padre lhe perguntou o nome da criança.

Valentim o segurou muito satisfeito consigo mesmo, quando o religioso molhou-lhe a testa com água, os olhos desviando-se da criança para a mulher

a poucos passos atrás de si. Trocaram um sorriso, mas mesmo naquele instante pôde perceber uma certa melancolia no rosto negro de Henriqueta. Não compreendia, ou talvez preferisse não compreender. Estava tão feliz com o filho que ela lhe dera e em batizá-lo que sequer se preocupara em perguntar o que ainda a deixava triste num momento de tamanha alegria.

Talvez entendesse melhor se ele, como Henriqueta, fosse um escravo. Ela não se iludia. Mesmo dando-lhe um filho e sendo sua companheira há mais de dez anos, desde que Valentim chegara de Portugal e começara a enriquecer com o comércio numa loja do Largo do Rocio, continuava sendo sua escrava, a mulher que ele comprara para cuidar da casa que mantinha no segundo andar da loja e que se transformara numa companheira fiel e, acreditava, querida. Tinha pouca ou nenhuma esperança de que sua situação mudasse. Mas o que mais a deixava preocupada e infeliz era o destino do filho.

Não queria vê-lo escravo de ninguém.

Por algum tempo, logo que soube que estava grávida, ainda alimentou certa esperança de que Gabriel, com o nome de anjo, nascesse livre. Há mais de um ano vinha ouvindo falar que os abolicionistas, como eram conhecidos aqueles que lutavam pelo fim da escravidão no Brasil, estavam conquistando o apoio de gente do país inteiro, mas principalmente dos políticos, para a aprovação de uma lei que libertaria todos os filhos de escravos. A chamada Lei do Ventre-Livre fora tratada pela imprensa como o início do fim da escravidão no país e havia muita expectativa de que pelo menos as crianças não passassem mais pela indignidade de tão infame instituição. Henriqueta mesma se entusiasmara com o que ouvia quando se encontrava com os clientes do merceeiro ou nas frequentes conversas daqueles que iam e vinham pelo armazém. No entanto, seu entusiasmo foi sucumbindo à grande frustração que tomou conta de muitos ao saberem o teor do texto de tal lei, insistentemente apresentada como a redenção para os escravos.

Outro paliativo, diziam alguns mais exaltados. *Lei para inglês ver*, asseguravam outros, aludindo às pressões feitas pela Inglaterra contra o tráfico negreiro e contra a própria instituição da escravidão, considerados indesejáveis para a necessidade de novos mercados consumidores para sua poderosa indústria; ou seja, lei sem nenhum efeito prático e visível.

A escravidão continuaria.

Como?

A lei, que seria promulgada naquele mesmo 28 de setembro em que batizava seu filho, prometia que seriam livres todos os filhos de mulheres escravas nascidos a partir daquela data. Todavia, o que aos poucos foi se descobrindo é que nada realmente mudaria com a lei, pois o senhor da mãe escrava conservaria *o direito aos serviços gratuitos dos menores até os 21 anos completos*.

Henriqueta chorou ao saber que o filho seria tão escravo quanto ela e se angustiava um pouco mais diante daquela brincadeira perversa do destino, pois Gabriel seria escravo do próprio pai.

Diante de tal fato, ela não tinha nenhuma razão para estar feliz no dia de seu batizado. Embora Valentim a tratasse muito bem e provavelmente a amasse (por vezes tinha dúvida: se a amasse realmente a teria como escrava?), continuava escrava. Mesmo que já estivesse fazendo planos para o futuro do filho, por gestos e palavras, deixava claro que ele também seria um escravo.

Nada mudaria.

Pai

Dez anos mais tarde

Gabriel jamais conseguiu chamá-lo de pai. Até quando ele insistia e ameaçava surrá-lo, obstinava-se. Muitas vezes apanhara e nada dizia, a não ser, quando a dor era grande demais ou quando sua mãe, os olhos cheios de lágrimas, suplicava silenciosamente.

Nunca fora fácil e, com o tempo, Valentim Pedrosa acabou se conformando. Para Gabriel ele seria sempre Seu Valentim e, na medida que crescia, tal tratamento se cristalizaria. Respeitava-o e, aqui e ali, até agradecia pelo tratamento que recebia. Ouvia as muitas histórias e presenciara outras tantas que falavam de gente como ele sofrendo nas mãos de seus senhores; diante de tais imagens – que não saíam de sua cabeça – até podia sentir-se grato.

Aquele que a mãe garantia ser seu pai o vestia bem e, à medida que seus negócios prosperavam, até se preocupara em lhe dar educação. Tudo bem que fora mais para pagar uma velha promessa a um antigo conterrâneo de Alentejo – comprometera-se a arranjar emprego para o filho boêmio e metido a revolucionário do amigo e o empregara como professor de seu filho. De qualquer forma, seu professor, um ex-aluno de Coimbra que costumava se dividir entre as montanhas de livros que abarrotavam o pequeno quarto que alugara numa casa próxima e as frequentes visitas aos bordéis da Rua do Ouvidor, o ensinara a ler e escrever e mais, falara-lhe do mundo muito além da entrada da baía de Guanabara e o levara a ler seus incontáveis livros.

Em mais de uma ocasião, Gabriel se aborrecia e se arrependia de ter lido aqueles livros, pois alguns o deixavam frente a frente com a vergonha de sua condição. Por mais que fizesse ou por mais que se esforçasse, que ajudasse o pai no armazém e o visse prosperar, comprando e abrindo mais e mais negócios pela cidade, seria sempre seu escravo. Antes de mais nada, escravo.

Deprimia-se em tais ocasiões e pensava na mãe. Teria ela morrido dois anos antes carregando consigo tão triste constatação? Revoltado, ao lembrar da angústia e dor em seus olhos, mais se obstinava em não tratar Valentim Pedrosa como pai ou sequer em chamá-lo de "pai".

Que tipo de pai teria um filho como escravo?

Se realmente o amasse, seria severo, exigiria muito como qualquer pai, mas já o teria libertado.

Trabalharia até tarde da noite, vagaria pelas vielas escuras e perigosas da cidade entregando encomendas, ajudando outros escravos a desembarcar cargas vindas nos navios de terras bem distantes, faria qualquer coisa por aquele homem se ele um dia o tornasse um homem livre.

Nunca, em tempo algum, Valentim lhe dissera que era um escravo, mas também não dissera o contrário. Dava-lhe educação e permitia que fizesse suas refeições em sua companhia, o que era negado aos outros escravos que lhe pertenciam, mesmo os domésticos. Era vestido com roupas novas e em pelo menos uma ocasião o acompanhara ao teatro.

Por outro lado, dormia no armazém, entre os sacos e engradados de mercadorias, e era quem abria e fechava o estabelecimento. Não ouvia qualquer palavra de carinho ou de incentivo e tinha sempre a impressão que Valentim pensava apenas em ter um funcionário, um empregado capaz de ajudá-lo a tocar os negócios sem o ônus de pagar qualquer centavo por isso.

Era um escravo. Mesmo bem tratado, continuava sendo apenas isso e nada além disso, um escravo.

Recebia melhor tratamento. Jamais fora exposto e surrado de maneira humilhante em praças públicas como muitos que vira. Não comia somente uma vez por dia como acontecia com muitos escravos, notadamente os que trabalhavam nas áreas rurais ou nas docas do porto da cidade. Também não era obrigado a carregar cargas muito mais pesadas do que sua capacidade ou a de qualquer ser humano.

No entanto, não tinha a liberdade como algo líquido e certo em sua vida.

Era um escravo.

Nem a boa educação nem as boas roupas poderiam esconder ou disfarçar a sua condição nas ruas da cidade, mesmo em ruas como a do Ouvidor, dos Ourives ou a Uruguaiana, onde o espaço era pequeno e a multidão, numerosa e barulhenta. Pelo contrário, destacavam-no entre os miseráveis que gravitavam como moscas e insetos de toda ordem em torno dos quiosques ou à entrada de bares e botequins; nos cortiços, entre os negros alforriados que enchiam as vielas mais sórdidas que desembocavam no Largo da Misericórdia, ou mesmo na companhia dos domésticos mais pedantes que viviam nos elegantes palacetes de Botafogo ou nas Laranjeiras.

Por essas e por outras, era muito difícil identificar aquele homem rude e de poucas palavras chamado Valentim Pedrosa como "pai". A palavra "seu" expressava a exata medida do que sentia por ele. Respeito. Uma certa gratidão. Uma pequena, porém, indisfarçável revolta. E durante certo tempo, perplexidade. Ser filho e escravo ao mesmo tempo era algo que não compreendia. Nunca compreendera. E com o tempo, se indignara.

O princípio da revolta

A cidade do Rio de Janeiro não mudou muito. Nunca muda.

Gabriel vivia ouvindo o pai repetir aquela frase. E a ela, Valentim ia acrescentando outras, quase sempre desabonadoras à cidade onde enriquecia a olhos vistos.

Reclamava das ruas estreitas e invariavelmente sujas, dos becos perigosos onde o lixo se acumulava, trazendo consigo toda sorte de doenças e, não raramente, pequenas mas devastadoras epidemias. Queixava-se da falta de árvores nas poucas praças e do sol implacável. Da falta de calçamento e, quando este existia, da ausência de conservação. Dos sobrados centenários e caindo aos pedaços, uma ameaça frequente aos transeuntes, pois podiam desabar a qualquer momento. A falta de ventilação provocada pela inexistência de janelas. A despreocupação com saneamento – poucas partes da cidade tinham rede de esgoto.

– Essa cidade é uma imensa feira! – reclamava, as grossas sobrancelhas e costeletas brancas tornando a fisionomia feroz e inconformada, aborrecido com a profusão de vendedores e barracas, com os quiosques onde se reuniam capoeiristas de olhar hostil e escravos, segundo ele, cada vez mais insolentes. – Não existe higiene! Os mosquitos nos comem vivos o tempo todo!

Gabriel ouvia, mas não entendia. O pai reclamava da cidade, do povo, do governo, mas fora a cidade, a gente que nela vivia e até a omissão e a corrupção de boa parte dele que fizera a sua fortuna. O armazém multiplicara-se em muitos outros estabelecimentos pela cidade – botequins, restaurantes, lojas e pelo menos um cortiço, não tão grande quanto o famoso "Cabeça de Porco", propriedade do Conde D'Eu, marido da princesa Isabel, mas, mesmo assim, uma de suas maiores rendas.

Realmente a cidade não era um dos lugares mais limpos do mundo, a se acreditar no que ele e os outros falavam do mundo além dos limites da barra da baía, a começar por seu professor. As ocupações irregulares multiplicavam-se, principalmente depois da volta dos milhares de ex-escravos alforriados por seus senhores para combater em seu lugar na Guerra do Paraguai. Pobres, muitos mutilados e incapazes de lutar pela própria sobrevivência, abandonados à própria sorte pelo governo federal, refugiavam-se naqueles barracos miseráveis que subiam mais e mais os morros e ermos da cidade, dividindo o espaço com toda espécie de criminosos e desocupados, velhos e doentes.

Os mais afortunados ainda conseguiam viver com um pouco de decência nos cortiços, grandes galpões de madeira subdivididos interna e interminavelmente, alugados pelos proprietários. Era o território dos serventes, carregadores, funcionários públicos ou outros trabalhadores humildes. Poucos tinham dinheiro para pagar os aluguéis altíssimos cobrados por velhas casas abandonadas em ruas estreitas e escuras, ou para construírem as ainda raríssimas casas de tijolos e alvenaria em regiões próximas ao Centro ou mesmo nos subúrbios.

Os ricos transformaram seus elegantes palacetes em Botafogo e nas Laranjeiras num refúgio seguro contra a proximidade da maioria da população, que consideravam perigosa.

Ao contrário do pai, Gabriel não via a cidade com olhos tão implacáveis e desaprovadores. Crescera em suas ruas e becos. Entregando pedidos de clientes do cada vez mais próspero Valentim Pedrosa, indo receber os aluguéis nos cortiços de sua propriedade, divertia-se com as crianças, senhoras absolutas do pátio comum dos grandes galpões, misturava-se aos escravos urbanos que iam apanhar água no chafariz público do Largo da Carioca ou se entregavam ao comércio de cestos, cebolas, galinhas e a outras tantas cargas que equilibravam sobre os ombros brilhantes de suor. Entre os frequentadores dos botequins e quiosques ouvia histórias assombrosas de crimes

e confusões. Soldados reclamavam que estavam fartos de caçar escravos fugidos e jovens estudantes de Direito, ardorosos defensores da libertação dos escravos, os estimulavam a se recusarem a fazê-lo. Através deles ouvia falar de grandes abolicionistas como André Rebouças, o engenheiro negro de muito talento, ou José do Patrocínio, o reverenciado *Tigre da Abolição*, jornalista cujas palavras incendiavam a sociedade e a mobilizavam cada vez mais contra a infame instituição da escravidão.

Gabriel se entregava de tal maneira àqueles personagens e a longas horas de conversa, que em mais de uma ocasião se atrasara neste ou naquele compromisso.

Adorava ouvir. Saber o que acontecia no mundo à sua volta e mais além. Já não lhe bastavam os jornais que o professor trazia de tempos em tempos, alguns até de outros países, que conseguia entre os viajantes e a tripulação dos navios que chegavam ao porto. Tinha uma sede inesgotável por conhecimento e informação e nada atraía mais seu interesse do que a luta pela libertação dos escravos.

Gostava de ouvir aqueles jovens abolicionistas que apareciam na loja do pai ou que mais frequentemente, encontrava nas ruas. No entanto, eram os antigos soldados, ex-escravos alforriados, que lutaram na Guerra do Paraguai, que prendiam por horas a sua atenção. Estavam por toda parte, muitos se vendo forçados a esmolar para ter o que comer.

– Fomos abandonados! – resmungava o velho Gonçalo no Beco dos Barbeiros, na porta da igreja do Carmo, o coto da perna esquerda exibido em busca da compaixão dos passantes. – O imperador nos libertou e muita gente encheu nossos ouvidos com promessas que nunca foram cumpridas. De que adiantou a liberdade? Eu sou livre para isso?

Muitos eram favoráveis à República e garantiam que, quando o povo pudesse votar, escolher seus próprios governantes, dizer o que queria e não queria, a Justiça chegaria para todos e não apenas para os veteranos da Guerra do Paraguai.

O pessimismo aparecia nas muitas rugas e cicatrizes do rosto do velho Gonçalo quando olhava para aqueles republicanos e dizia:

– Espero que sim, espero mesmo...

Com aqueles homens Gabriel aprendeu a indignar-se um pouco mais com a sua condição, a revolta crescendo mais em seu coração.

Paliativo

1885

Há semanas que os frequentadores da Leiteria União não falavam noutra coisa: a Lei Saraiva-Cotegipe ou, como era mais conhecida, a Lei dos Sexagenários.

Promulgada dias antes, mais exatamente no dia 28 de setembro, ela surgia para libertar todos os escravos de mais de 65 anos.

Era a resposta do governo imperial às manifestações de abolicionistas e de boa parte da população que clamava pela extinção completa da escravidão no país, o último das Américas a conservar tão abominável instituição depois que Cuba a aboliu em 1880.

Mas o que parecia ser mais um motivo de comemoração para os líderes do movimento transformou-se quase que no mesmo dia em motivo de frustração e raiva.

Gabriel entrava na leiteria, uma das mais recentes aquisições comerciais do rico Valentim Pedrosa, quando um de seus frequentadores mais conhecidos, um poderoso fazendeiro de São Paulo, socou a mesa que ocupava com três outros homens e gritou:

– Outro paliativo!

No que outros homens concordaram entusiasticamente, as vozes elevando-se e se misturando na confusão, cada um querendo dar sua opinião sobre a nova lei pretensamente emancipadora, os poucos que se aventuravam a defendê-la retirando-se apressadamente ou vendo-se em número cada vez menor, incapazes de resistir à indignação geral.

– Condenou-se um monte de velhos escravos à morte, isto sim! – concordou outro fazendeiro que acompanhava o paulista. – De agora em diante, os donos de escravos que tiverem tal mão de obra improdutiva estão liberados de cuidar dela e apoiados na lei, podem lançá-los à miséria e à fome nas ruas e ainda dizer: "apoio a causa abolicionista e estou dando liberdade aos meus velhinhos escravos".

Mais gritaria, os mais exaltados sendo acusados de serem republicanos, o fazendeiro e seus amigos ameaçando uma briga.

– A culpa é do imperador! – gritou alguém em certo momento, o que deixou Gabriel confuso.

Gostava do imperador. Certa vez, ele e o pai foram até São Cristóvão para vê-lo durante uma missa em comemoração da libertação dos escravos no Ceará, ocorrida um ano antes.

Ele lhe parecera um velhinho muito simpático e amigável, tratando a todos com carinho e educação. Lera num jornal que ele se considerava o funcionário público número 1 do país e que era um homem culto, de grande sabedoria, conhecedor de muitas línguas e protetor de artistas e intelectuais. Seu professor lhe contara que ele se correspondia com grandes artistas como Wagner e cientistas importantíssimos como Pasteur.

– Ele foi um dos primeiros homens a falar num telefone – informou seu pai, cheio de orgulho, mas incapaz de explicar com alguma segurança o que afinal de contas era o tal telefone.

Interessado, Gabriel começou a conversar com os fazendeiros que vinham à leiteria, chegando a sentar-se com alguns. Misturava-se também com jornalistas, estudantes, médicos, comerciantes e intelectuais, gente que aos poucos foi mostrando uma imagem diferente do imperador, um governante que, diziam, preferia governar a reinar. Embora se apresentasse ao povo como imperador do país, entregava sua administração ao presidente do Conselho de Ministros, escolhido por ele, que por sua vez escolhia o ministério; e fechava os olhos às arbitrariedades que cometiam para se manterem no poder e defenderem o interesse da classe dominante – formada, em grande parte, pelos barões do café cuja prosperidade dependia do braço escravo na lavoura.

Nos últimos tempos, enquanto o país era sacudido por crises e problemas de toda ordem, o imperador fugia de tudo em viagens pelo mundo, maravilhando-se com o progresso de outras nações enquanto aquela que presumidamente governava persistia no atraso, submetida a velhas lideranças políticas, saídas das elites agrárias mais atrasadas do país.

Discussão

Valentim Pedrosa não gostava de ver Gabriel no meio dos abolicionistas e volta e meia o repreendia. Não diante de toda aquela gente, é claro, pois temia dar a impressão de simpatizar com os escravocratas e perder clientela tão importante quanto endinheirada. Censurava-o quando estavam a sós na leiteria ou caminhando pela cidade. Em pelo menos duas oportunidades até fora mais longe e aplicara-lhe dois ou três golpes com a palmatória.

Arrependeu-se. Cada um daqueles golpes acabou por afastar o filho ainda mais dele e aumentar-lhe o interesse pelos abolicionistas e pelo movimento a que pertenciam.

Pior do que vê-lo envolvido com aquela gente, foi descobrir que o filho estava ouvindo conversa alheia.

– O que foi que você disse? – perguntou ele um dia, agarrando Gabriel pelo braço e levando-o para o fundo do estabelecimento.

O rapaz apontou para dois homens que ocupavam uma das mesas junto da porta e respondeu:

– Aqueles homens são fazendeiros...

– Sei bem o que eles são – cortou Valentim. – São da Baixada Fluminense. Fregueses antigos, de muito dinheiro... O que têm eles?

– O mais alto...

– Eu sei, o capitão Figueiredo.

– Ele mesmo.

– O que tem ele?

– Eu o ouvi dizendo para o amigo que vai trazer escravos de alguns engenhos do Nordeste para suas fazendas e estava oferecendo parte deles para o amigo.

– Sei, e daí?

– Como, e daí, seu Valentim? Não é crime?

– Crime ou não, seguramente não é da nossa conta. Você é da polícia agora, é?

– Eles estão falando de gente, seu Valentim. De venda de gente.

– Escravos, rapaz. São escravos...

– Mas...

– Isso não é da nossa conta, filho. Que tal cuidarmos da nossa vida e deixarmos a dos outros em paz? Pode fazer isso, rapaz?

– Eu...

– A gente não tem nada a ver com isso, ouviu bem? São escravos dele. Portanto, problema dele.

– Como eu sou do senhor. É isso?

Valentim ficou olhando para Gabriel, um misto de constrangimento e contrariedade no rosto pálido.

– Aquela gente não é mercadoria para ser levada de um lado para o outro, vendida por qualquer preço – continuou Gabriel. – Como eu também não sou...

Valentim, irritado, ergueu a mão e fez menção de esbofeteá-lo. Nesse instante, alguém o chamou.

– Depois a gente conversa – prometeu o merceeiro, empurrando o filho e voltando para a frente da loja.

Um encontro inesquecível

Gabriel tinha acabado de fazer uma entrega num sobrado da Gonçalves Dias quando um pequeno grupo reunido à porta de um botequim chamou a sua atenção. Pessoas acorriam dos becos próximos e se misturavam em outros tantos. Uma voz forte e resoluta trovejava palavras incisivas que ressoavam pela rua, mais e mais nítidas à medida que a multidão se calava, atenta, para ouvir aquela figura imponente que Gabriel começou a ver se materializar bem diante de seus olhos, enquanto abria caminho e se aproximava.

A propriedade escrava é um...

A frase se perde no meio da gritaria entusiasmada que se eleva repetidamente, numa concordância barulhenta.

...roubo!

Gabriel mal pode acreditar no que está vendo.

É contrária aos princípios humanos a que qualquer ordem jurídica deve servir.

Gabriel reconhece o orador quase que no mesmo instante e ao ouvi-lo, compreende e concorda com a justeza do apelido que lhe fora dado em reconhecimento à sua luta contra a escravidão.

Era o *Tigre da Abolição*. José do Patrocínio.

Ouve como os outros, embevecido. Fica sabendo que, depois da enorme frustração em que se converteu a promulgação da Lei dos Sexagenários, o movimento abolicionista intensificara a sua luta, contando com amplo apoio popular tanto entre as várias camadas da sociedade quanto entre um número crescente de políticos até então omissos ou indiferentes à luta contra a escravidão. Até mesmo a Igreja e o Exército já faziam coro aos protestos contra tão abominável situação.

Multiplicavam-se os jornais abolicionistas e as ações de grupos radicais como os caifases de Antônio Bento, em São Paulo, que invadiam fazendas e ajudavam na fuga de escravos para quilombos organizados. Comícios e passeatas eram cada vez mais comuns. Notícias circulavam pela cidade dando conta de que o Exército não mais seria utilizado na caça de escravos fugidos ou combater quilombos; os fazendeiros paulistas, acreditando na abolição da escravidão para breve, ensaiavam a substituição da mão de obra escrava pelos primeiros contingentes de trabalhadores imigrantes que começavam a trazer da Europa, mão de obra livre e assalariada; apenas um grupo de barões do café, do então decadente Vale do Paraíba, ainda se opunham à erradicação do trabalho

Abolição

escravo em suas fazendas e contavam com cada vez menos aliados entre as forças políticas do país.

Mesmo depois que o grupo de abolicionistas encerrou o comício e se desfez pelas ruas próximas, Gabriel continuou pensativo, a cabeça fervilhando de perguntas, as palavras de José do Patrocínio ainda ecoando, acompanhando-o no retorno à loja do pai.

No dia seguinte, durante uma das aulas com o professor Belmiro, crivou-o de perguntas. Queria saber mais sobre os abolicionistas, a luta da imprensa contra os escravocratas (que ainda tinham muita influência no governo). Repetiu alguns nomes, o de José do Patrocínio em destaque. Ouviu outros. Soube das divergências entre Patrocínio e André Rebouças, que queria a libertação dos escravos dentro de um projeto mais abrangente, que tornasse possível a inclusão de tão grande contingente humano na sociedade brasileira. Entre essas medidas, Rebouças sugeria que o governo concedesse aos ex-escravos terras e recursos que lhes permitiria cuidar da própria sobrevivência. Uma reforma agrária, ele desejava se valer da libertação dos escravos para concretizar um projeto de reforma agrária por todo país.

Belmiro, um abolicionista convicto, acabaria por lhe trazer jornais como *A Gazeta da Tarde*, de José do Patrocínio, e o *Radical Paulista*, de Joaquim Nabuco, e falaria de homens notáveis como Luís Gama, filho de uma escrava e um homem branco que o vendeu como escravo aos doze anos para pagar dívidas, e que se tornaria um dos mais atuantes opositores da escravidão, um advogado que libertaria quase mil escravos usando apenas a lei. Gabriel se identificaria imediatamente com ele, comparando sua condição à do notável líder abolicionista.

O professor não deixou de lhe contar sobre Antônio Bento e seus caifases, abolicionistas que levavam grandes fazendeiros paulistas à loucura, organizando fugas e denunciando os maus-tratos a que os escravos eram submetidos.

– O fim da escravidão está próximo, Gabriel – garantiu Belmiro, os olhos brilhantes de entusiasmo. – Você ainda vai ser livre, vai sim...

Gabriel ouvia e não sabia se ficava alegre ou triste.

O que faria com a liberdade?

Continuaria com Valentim?

Valentim ainda o aceitaria se não fosse apenas pela condição de escravo?

Iria pagar-lhe pelo seu trabalho?

Em tais momentos, seu entusiasmo arrefecia, vitimado pela incerteza e apreensão. Ficava pensando no seu destino depois da libertação e, mais ainda, no de tantos outros que, como ele, sempre foram escravos.

Quando a liberdade viesse, o que fariam?

Alegria

A alegria tomara conta da cidade. O Rio de Janeiro inteiro parecia estar entregue àquela comemoração interminável, um carnaval antecipado como diziam alguns. Desde que no dia anterior a Princesa Isabel, governando em nome do pai, Dom Pedro II, assinara a lei chamada por todos de Áurea, libertando os escravos ainda existentes no Brasil, uma multidão incalculável enchera as ruas com seu entusiasmo.

Uma grande festa. Por todos os cantos, espontaneamente ou convocada pelos abolicionistas, gente de todas as classes sociais se misturava na grande comemoração. Os bares e quiosques explodiam numa euforia indescritível. Carruagens e tílburis enfeitados com faixas e tiras de pano verde e amarelo cruzavam as ruas estreitas do centro, aumentando o congestionamento provocado pelos bondes em que grupos de estudantes e populares se espremiam ou se dependuravam. Muitos ex-escravos já perambulavam pelas

ruas, entre assustados e desorientados, como se não soubessem exatamente o que fazer com a liberdade recém-adquirida.

De quando em quando, jovens sorridentes e entusiasmados arremessavam nuvens de pétalas de rosas brancas das janelas e sacadas dos prédios mais altos da Rua do Rosário. Mais do que felizes, todos pareciam aliviados, comemorando o fato de finalmente o país ter se livrado da nódoa de ser o único país da América do Sul a ainda manter a escravidão.

Gabriel saiu da leiteria esbarrando nas pessoas que teimavam em não ir para suas casas, apesar das reclamações de alguns comerciantes ao longo da Rua do Ouvidor. Largou tudo para trás, mudo de entusiasmo, o coração batendo alegremente, gritando para os empregados, naquele instante, ex-escravos como ele, apenas uma frase:

– Vou para casa!

Quase não conseguiu sair tantos eram os tapinhas nas costas e os encontrões.

– Livres! Estamos livres! – seus gritos entusiasmados misturavam-se ao tremendo burburinho que subia e descia as ruas próximas. Abraçou-se aos grupos de negros, uns libertos ou alforriados, não saberia dizer, outros, pela expressão abobalhada e incrédula nos rostos suados, seguramente recém-saídos das senzalas de seus antigos senhores. Muitos choravam, emocionados. Vários grupos, embriagados, provocavam quebra-quebra para os lados da Candelária, ocasionando uma intensa movimentação de soldados e cavalarianos. Reclamações sobre a confusão que tomara conta da cidade já eram ouvidas. A polícia não tinha trabalho naquelas dimensões há muito tempo, asseguravam alguns. Até tiros eram ouvidos de tempos em tempos.

Estamos livres!

Gritava e pulava como se, depois de uma vida inteira imerso numa tristeza interminável, despertasse para uma existência inteiramente nova, o que, em certa medida, era verdade.

Pensara no pai desde que tomara conhecimento da assinatura da Lei Áurea – fora quando um grupo de estudantes chegou na leiteria recitando os dois breves mas importantíssimos artigos da lei que tratava da liberdade definitiva para todos os escravos do país. Aqueles artigos não lhe saíam da cabeça e se repetiam enquanto pensava no pai, mas antes de mais nada, na mãe, morta muitos anos antes e que passara a vida inteira sonhando com a liberdade para ambos. Ela estaria inacreditavelmente feliz naquele instante, sabendo que o filho não era mais escravo de ninguém, muito menos do próprio pai.

Seu pai. Seu Valentim.

"O que lhe diria?", pensou Gabriel, confuso.

Como reagiria?

E para onde iria se Valentim, enfurecido, o pusesse para fora de casa?

Pensou também em Belmiro, seu professor e grande entusiasta pela causa abolicionista, e chegou a antever os dois, aos pulos, comemorando nos jardins do palacete que Valentim Pedrosa acabara de comprar em Botafogo.

Entretanto, seria sempre o pai a presença mais constante e temerária em seus pensamentos. Inicialmente pensou em dizer-lhe o que trazia atravessado na garganta há anos, desabafar. Acreditou que lhe faria muito bem livrar-se de todo aquele antigo ressentimento, das lembranças amargas. Falaria até cansar, diria que era um ser humano e não uma mercadoria, que depois daquele treze de maio inesquecível seria livre para ir para onde quisesse ou para fazer o que bem entendesse de sua vida. Por fim, pensou simplesmente em ver o que ele lhe diria, se o aceitaria como empregado ou finalmente o reconheceria como filho. Ainda pensava em Valentim quando finalmente alcançou os sólidos portões de ferro do palacete em Botafogo.

Estranhou as luzes apagadas. Não acreditava que ele pudesse comemorar tal acontecimento, mas esperava encontrá-lo iluminado pelo menos no escritório àquelas horas geralmente ocupado pelo pai. Supôs que estivesse dormindo ou, ferrenho adversário que era do movimento abolicionista, pelo menos deitado, remoendo a própria raiva. Por outro lado, havia a possibilidade de estar fazendo contas e tentando encontrar uma solução para substituir a mão de obra escrava de seus vários estabelecimentos. Talvez até estivesse pensando o que fazer com o filho-escravo.

Vencendo seus próprios receios, Gabriel pulou o muro. Chegou a desejar encontrar Valentim num dos corredores do casarão. Ele o esperava no alto de um longo lance de escada, um lampião erguido à altura do rosto inequivocamente aborrecido.

O que está fazendo aqui numa hora dessas, Gabriel? – perguntou. – A leiteria...

– Os outros estão cuidando da leiteria, Seu Valentim – informou.

– O que você quer?

Gabriel recuou, espantado. Toda a determinação e mesmo a raiva que vinha alimentando, remoendo sem pressa alguma desde que avistara a casa do pai, diluiu-se. Ficou mudo sob o olhar hostil de Valentim.

– Então?

– A lei...

– Lei? Que lei?

– A Lei Áurea, Seu Valentim... A princesa assinou, o senhor não ficou sabendo?

– E daí?

– Eu... eu...

– Por que tipo de idiota você me toma, rapaz? É claro que eu estou sabendo que...

– Pois agora eu sou livre...

– Livre? Que bobagem está dizendo, Gabriel? Você sempre foi livre!

– Livre de verdade e não por que o senhor diz ou por que o senhor acha que pode pôr e dispor de minha vida. A princesa Isabel assinou a lei ontem e, portanto, de hoje em diante, o senhor, nem que queira, é mais o meu dono. Aliás, eu não tenho mais dono.

– Como é que é?

– Eu sou livre, Seu Valentim.

– Ah, é? – Valentim sorriu zombeteiramente e perguntou: – Livre para quê?

– Como é que é?

– Foi o que lhe perguntei. Quer que eu repita? Pois vou repetir: Você é livre para quê? O que pretende fazer com a sua liberdade ou ainda não pensou nisso?

Gabriel calou-se, surpreso consigo mesmo. Sentiu-se confuso. O chão desaparecia debaixo de seus pés e sua alegria desfez-se como fumaça na escuridão perturbadora que os rodeava e, naquele momento, o esmagava sob o peso de uma grande incerteza e muitas perguntas sem respostas que começavam a surgir, incontroláveis. Sentia-se de um momento para o outro, infantil, inútil, completamente desamparado.

Tinha mesmo que comemorar?

Afinal de contas, o que comemorava?

A liberdade dos escravos?

Que tipo de liberdade haviam conseguido?

Em que mundo viveriam aqueles que a vida inteira só tinham aprendido a obedecer e trabalhar para seus senhores?

Assustou-se com aquelas indagações que cresciam dentro de si e com a amargura que encontrava nas perguntas que o pai não parava de lhe fazer. Emudeceu por completo. Não sabia o que responder, pois não encontrava respostas para si mesmo.

Por fim, tinha realmente motivos para estar feliz?

Saiu correndo. Fugiu daquele olhar, da raiva repentina e cheia de rancor do pai, buscando escapar das próprias dúvidas. Enquanto corria, ainda pôde ouvir o pai chamando-o, insistindo para que voltasse e, espanto, desculpando-se pelo que acabara de dizer. Não parou. Continuou correndo.

Melancolia

Cuidado!

O grito soou repentinamente. Gabriel olhou desorientado de um lado para o outro, buscando sua origem. Viu a charrete saindo de uma curva, avançando depressa em sua direção. Recuou, assustado, e, tropeçando nas próprias pernas, estatelou-se no chão. Encolheu-se, protegendo a cabeça com os braços e apertando os joelhos contra o peito, já se sentindo esmagado pelas rodas. Arrepiou-se quando uma delas roçou suas costas e esperou pelo pior.

– Você está bem? – ouviu uma voz ansiosa lhe perguntar.

Abrindo os olhos, avistou a charrete parada alguns metros à sua frente e um negro magro, elegantemente vestido, inclinando-se e lhe oferecendo uma das mãos.

Olhou-o, confuso, uma pequena multidão formando-se ao redor. O sorriso amistoso do homem que lhe estendia a mão não era suficiente para esconder ou pelo menos disfarçar a apreensão dele pelo seu estado.

– É melhor vir comigo, rapaz – insistiu assim que Gabriel agarrou-se à sua mão e levantou-se com certo esforço, fazendo uma careta de dor. Amparou-o quando os joelhos dele se dobraram e Gabriel quase caiu. – Vou levá-lo a um médico.

– Não precisa! – protestou o rapaz, tentando desvencilhar-se dele.

Tropeçou e caiu mais uma vez.

A multidão estreitou-se ainda mais em torno de ambos e muitos o auxiliaram. Carregaram-no para a charrete, deitando-o num dos bancos. O desconhecido sentou-se no lado oposto, sorrindo, e prometeu:

– Vamos cuidar desse seu ferimento.

Somente nesse momento Gabriel notou o sangue que escorria de um corte na cabeça, na altura da nuca. Preocupado, procurou um lenço no bolso e tentou, com ele, estancar o sangue que escorria.

– Não será necessário, eu lhe asseguro – replicou, insistindo em descer do veículo.

Um negro gordo, de cabeça inteiramente calva, impediu-o de desembarcar, empurrando-o de volta enquanto dizia:

– Deixa o doutor engenheiro André Rebouças te ajudar, rapaz.

Gabriel olhou para o homem sentado à sua frente e perguntou:

– É mesmo o abolicionista André Rebouças?

– Também – Rebouças sorriu, acrescentando: – Agora, acalme-se e venha comigo. Precisamos realmente cuidar desse ferimento.

A charrete avançou vagarosamente pelas ruas mal-iluminadas, sacolejando nas pedras do calçamento, seus dois ocupantes se entreolhando por algum tempo até que Gabriel disse:

– O senhor é um dos abolicionistas mais conhecidos da cidade...

Rebouças sorriu.

– Acho que José do Patrocínio é bem mais do que eu... Mas, hoje, eu sou apenas um homem feliz, muito feliz. A escravidão acabou!

Gabriel encarou-o, desanimado.

– É o que dizem...

– E é verdade. Com a promulgação da lei nº 3.353, desde ontem negro algum é mais escravo em nosso país.

– Será mesmo, doutor?

– Não acredita?

– Meu pai não acredita... – Gabriel pôs-se a contar-lhe a história de seu relacionamento e dos incontáveis desentendimentos com Valentim Pedrosa. – Meu pai tem razão. Fomos abandonados à nossa própria sorte e infelizmente apenas uns poucos têm consciência disso...

– Penso em parte como ele, rapaz.

– Como é que é?

– Também não foi a libertação dos meus sonhos, pode ter certeza, mas nem por isso devemos achar que não foi importante e muito menos desistir...

– Desistir do quê, doutor?

– De tornar verdadeira essa liberdade iniciada hoje, é claro. Acredite, rapaz, nenhuma forma de escravidão é boa. Nada é melhor do que a liberdade...

– E o que faremos com essa liberdade, o senhor já pensou nisso? Eu ainda sou novo, sei ler e escrever, fazer contas, posso conseguir um emprego, mas, e os outros? O que vai acontecer com a maioria dos negros que hoje estão nas lavouras de café, por exemplo?

– Como lhe disse, não foi a libertação dos meus sonhos. Deveria ter havido um programa que propiciasse a integração efetiva dos negros à sociedade. Eu mesmo pensei numa grande reforma agrária, onde os libertos receberiam terras para plantar e inicialmente, garantir seu próprio sustento. A pura e simples libertação, por si só, concordo, não garante nada ou resolve muito pouco e até poderá criar muitos problemas para o negro e para a sociedade brasileira no futuro. Afinal de contas, foram mais de trezentos anos de escravidão. É tempo demais para passarmos impunes por ele. De um modo geral, tratamos todas as pessoas como tratamos os escravos. Nossas elites desprezam o trabalho e atividades manuais, adoram o ócio, cultivam também uma atitude arbitrária diante da vida e das condições de existência dos trabalhadores, sejam eles de que cor forem. Essa gente ainda vai continuar com medo dos pobres como temeu os escravos, e para enfrentar a pobreza ainda continuará se valendo da força, da violência, mas antes de mais nada, da feroz manutenção de seus privilégios, tudo escondido sob o belo disfarce do "princípio da Autoridade" ou da "Defesa da ordem", para manter todo mundo sob controle. Vai ser assim ainda por um bom tempo, acredite...

– Então meu pai tem razão, doutor! – resmungou Gabriel.

– Nenhum ser humano pode acreditar sinceramente que a escravidão seja uma coisa benéfica, antes de mais nada, para o escravo – atacou Rebouças. – Mesmo com a melhora de tratamento ocorrida desde 1850, com a proibição do tráfico...

– Disso eu soube através de meu professor. Os ingleses fizeram uma lei chamada Bill Aberdeen em 1845, permitindo que seus navios abordassem qualquer navio que suspeitassem traficar escravos, e o Brasil não teve alternativa a não ser fazer o mesmo...

– Não foi por bondade que eles fizeram isso, você deve saber. Nunca existiu amizade entre países, somente interesses, já dizia Thomas Jefferson, e os ingleses só se ocuparam em acabar com a escravidão no mundo quando ela passou a atrapalhar a venda dos produtos de suas indústrias, pois, como sabemos, escravo não tem condições de comprar coisa alguma, não? Não consome. De qualquer forma, foi a pressão de países como a Inglaterra que ajudou a acabar com a escravidão em nosso país. É triste dizer isso, mas se dependesse somente de nossos políticos e de nossa sociedade, talvez ainda estivéssemos vivendo a vergonha da escravidão...

– Como assim?

– Enquanto deu para empurrar o problema com a barriga, como se costuma dizer, foram empurrando. Esse é o nosso grande mal: enquanto dá para não se enfrentar o problema de frente, vamos nos esquivando dele, fugindo das soluções concretas, trocando-as por outras, cômodas, conservadoras, verdadeiramente covardes, tolos paliativos. Foi assim quando, em 1831, criou-se uma lei proibindo o tráfico de escravos. O tráfico até cresceu depois dela. Foi somente a promulgação da lei Eusébio de Queiroz, em 1850, e a pressão dos navios ingleses abordando navios negreiros em nossos portos, que puseram um fim ao tráfico. Nada se fez depois disso, com muitos esperando que a escravidão acabasse por si só, com o envelhecimento e morte dos escravos. Isto é, se eles não reproduzissem obviamente.

– É...

– E assim o assunto foi sendo deixado de lado por vários governos liberais e conservadores por mais de 20 anos, até chegarmos a Lei do Ventre Livre, em 1871, e a lei dos Sexagenários, em 1885, dois outros belos exemplos de paliativos. Se não fosse a então crescente pressão de nós, abolicionistas, somada à de novos segmentos da sociedade, não comprometidos com os interesses dos barões do café, e a pressão inglesa, não estaríamos festejando o dia de hoje.

– Não existe mais escravidão...

– Finalmente.

– ... mas temos realmente razões para tanta comemoração? O que ganhamos de verdade com a abolição? Meu pai está de fato enganado ou somos nós que estamos nos enganando?

– Seu pai está enganado, mas infelizmente não por seus argumentos.

– Como?

– Muitos de seus argumentos foram os meus também e, por defendê-los, desentendi-me com pessoas que amava e respeitava, como José do Patrocínio.

Deveríamos ter aprendido com os erros e injustiças produzidos pela Lei dos Sexagenários: toda aquela gente envelhecida e cansada convertida da noite para o dia numa multidão de esfomeados e mendigos deveria ter aberto nossos olhos...

– Será que todos os escravos libertos hoje acabarão como eles?

– Receio por isso, rapaz. Eu bem que gostaria de acreditar que os escravos emancipados receberão algum tipo de indenização ou pelo menos algo que lhes dê condições de vir a fazer parte da sociedade que os escravizou por tanto tempo. Quando falei em reforma agrária, em dar terras, fui taxado de extremista por muitos de meus companheiros de luta. Num aspecto, concordo com seu pai: não houve de fato emancipação. A população escravizada até hoje não se integrará facilmente a esta sociedade que vai rejeitá-la e preferir esquecê-la e a vergonha que representa tantos séculos de escravidão; não se integrará sem luta e sacrifícios. No momento, está desprotegida, despreparada, analfabeta, mas, acima de tudo, discriminada. Certamente acabará engrossando as multidões de pobres e marginalizados que se amontoam sem lei e sem direitos, na periferia das cidades.

– Meu Deus...

– Na verdade, a abolição, em parte, serviu aos interesses daquela elite que lutou durante muito tempo para conservá-la. Livres do obstáculo que ela representava nos últimos anos ao desenvolvimento da economia brasileira, os "modernos" cafeicultores de São Paulo, por exemplo, poderão trazer mais e mais imigrantes europeus para suas lavouras, trabalho assalariado, mal pago é bem verdade, porém mais eficiente e produtivo, que ajudará inclusive a "embranquecer" a nossa sociedade, como falam alguns sem a menor cerimônia e, pior, achando que estão fazendo um bem para o país. Espero que, quando passar toda essa euforia, os recém-libertados despertem para a realidade que os espera.

– Então é como eu disse: o Seu Valentim tem razão!

– Não, não tem. Mesmo com todas essas dificuldades, pelo menos, hoje, temos liberdade.

– Mas liberdade para quê? De que serve a liberdade se a maioria não sabe o que fazer com ela ou pensa que ser livre serve apenas para comemorar e encher-se de cachaça até criar confusão e ser preso, para apanhar da polícia?

– A liberdade é a base de tudo e unidos podemos lutar por aquilo que ainda não conquistamos no dia de hoje. Viver é lutar, Gabriel!

– Bela frase, doutor. Ficaria muito bonita num dos comícios do Patrocínio ou entre os políticos, mas não sei se serve para esses negros que estão caindo de bêbados pelas ruas ou andando pelas estradas sem saber muito bem para onde ir.

– Serve para todo mundo. Para negros e brancos. Nada vem totalmente de graça na vida. Luta-se pelo que se quer e a primeira coisa que se deve ter para lutar pelo que queremos é liberdade. O resto vem sempre com a nossa disposição para lutar...

– Não sei, não...

– Aprenda depressa, rapaz! A Abolição, a Lei Áurea, não significa muita coisa, mas é de extrema importância para toda a nossa gente, pois nos deu o mais importante para uma vida decente: liberdade.

Confiança

Gabriel se surpreendeu ao ver a charrete parar diante da leiteria e Valentim Pedrosa parado junto da porta.

– Meu pai... – gemeu, surpreso, virando-se para André Rebouças.

O engenheiro sorriu.

– Eu o conheço há muito tempo – admitiu. – Estava na leiteria quando ele chegou e me falou do filho que tinha ido embora...

– Estava me procurando?

– Ele pediu. Disse que tinha dito muitas bobagens para você e queria se desculpar...

– Não sei se quero...

Rebouças o interrompeu, dizendo:

– Bem, agora você é livre para ouvi-lo ou não.

– O que acha, doutor?

– Você de hoje em diante é livre para fazer suas próprias escolhas, rapaz. Portanto, faça-as com cuidado, sim?

Gabriel desembarcou, dizendo:

– Isso não vai ser fácil...

– Pra nenhum de nós, pode acreditar. Hoje deixamos de ser considerados coisa para sermos reconhecidos como seres humanos. É um bom começo, você não acha? Ainda precisaremos de escola e muita paciência para termos direito a todos os nossos direitos, para sermos vistos como brasileiros, brasileiros como todos os que nos escravizaram até o dia de hoje. Isso não vai ser resultado apenas de uma lei mas antes de tudo algo a ser todo dia conquistado.

– A gente consegue – garantiu Gabriel, sorrindo.

– É no que acredito. Agora vá, vá acertar-se com seu pai.

Rebouças estendeu a mão para Gabriel e um forte aperto assinalou a despedida de ambos. Nunca mais se viram. Muitas vezes Gabriel leu artigos do renomado engenheiro e ouviu histórias sobre ele e o irmão, também engenheiro. Mesmo depois da morte do pai e do casamento com uma jovem ex-escrava mineira que conhecera na leiteria, continuou lembrando-se da noite que passou na companhia do famoso abolicionista. Aquele breve mas duradouro encontro com a liberdade jamais sairia de sua mente. Cada palavra entusiasmada e cheia de fé, a crença inabalável na mudança, seriam lembradas e repetidas para os filhos e netos até ele mesmo tornar-se parte integrante daquela lição, uma lembrança saudosa de pai e de avô.

Imagens da História

GABRIEL SANTOS/TYBA

O período da escravidão foi um dos piores da história da humanidade. Aqui no Brasil, o Rio de Janeiro era um importante local de entrada dos escravos, além de cenário da história que você acabou de ler. Os negros desembarcavam inicialmente na Praça XV e ficavam expostos no centro da cidade para que os moradores e os estrangeiros que estavam na colônia pudessem avalia-los e comprá-los. Hoje, o local ainda abriga inúmeras construções históricas, como o Chafariz do Mestre Valentin e o Paço Imperial.

Praça XV de novembro. Rio de Janeiro, 2015.

Além das péssimas condições em que viviam, os escravos eram punidos como forma de dominação senhorial, ou seja, a intenção não era matá-los, mas diminuir sua capacidade de reação à situação na qual estavam inseridos. A ideia era reafirmar a dominação e submetê-los à disciplina e educação. Inúmeros métodos e instrumentos de tortura foram utilizados, como as algemas.

Instrumentos usados para castigar escravos: libambo, algemas, e vira-mundo.

MAURÍCIO SIMONETTI/PULSAR IMAGENS

COLEÇÃO PARTICULAR

Com a nova lei, em 1774, o comércio de escravos foi transferido para o Cais do Valongo. O motivo da transferência era colocar os escravos em uma região afastada e distanciá-los da população, para evitar a transmissão de doenças e o cheiro ruim que eles deixavam no ambiente. Em 2011, durante escavações para recuperação da região, uma parte do cais foi descoberta com inúmeros pertences relacionados ao período.

Praça Municipal, antigo Cais do Valongo, incorporada à atual rua Barão de Tefé, na Gamboa, remodelada por Grandjean de Montigny em 1843 para o desembarque de Dona Teresa Cristina de Bourbon, esposa de D. Pedro II. Rio de Janeiro, 1905.

A região do Valongo hoje está revitalizada e abriga o Museu do Amanhã, cujo objetivo é trabalhar a arte e a ciência e expor questões ambientais e sociais. Porém, sua construção é muito questionada por estar localizado em uma região em que milhares de escravos entraram no país e morreram, e o museu não rememora esse período.

Museu do Amanhã. Obra arquitetônica do espanhol Santiago Calatrava. Rio de Janeiro, 2015.

R.M. NUNES/SHUTTERSTOCK.COM

RODOLFO BERNARDELLI/O MUSEU HISTÓRICO NACIONAL

Felizmente, algumas pessoas se dedicaram a abolir esse crime contra a humanidade. José do Patrocínio, personagem do livro que você leu, além de farmacêutico e jornalista, foi um ativista político negro, lutando bravamente junto aos movimentos abolicionistas. Ele ajudou a fundar a Confederação Abolicionista, responsável por agrupar todos os movimentos contra a escravidão. Nessa época também ajudou inúmeros escravos a fugir e redigiu o manifesto da confederação com outros abolicionistas, entre eles, André Rebouças.

COLEÇÃO PARTICULAR

André Rebouças, também personagem do livro, foi um engenheiro brasileiro negro e ativista em diversas esferas. Ajudou a criar a Sociedade Brasileira Contra a Escravidão e a Sociedade Central de Imigração. Porém, seu trabalho foi interrompido por causa do movimento militar que o exilou em Lisboa, época em que trabalhou como correspondente no jornal *The Time*.

VIAGEM PITORESCA ATRAVÉS DO BRASIL/COLEÇÃO PARTICULAR

Mesmo com tanto sofrimento, os negros escravizados que chegaram ao Brasil preservaram as lembranças e sua cultura como pertence. Com seus cantos, danças, culinária, festividades e memória, os negros reafirmavam sua identidade e influenciaram de maneira direta o desenvolvimento da cultura brasileira. Na fotografia temos representada a capoeira, cujos movimentos serviam como defesa, mas foram adaptados e se tornaram semelhantes aos movimentos de dança, permitindo assim que o treino fosse praticado sem que parecesse suspeito. Hoje, a capoeira é Patrimônio Cultural Brasileiro e Patrimônio Cultural Imaterial da Humanidade.

Johann Moritz Rugendas. *Jogo de Capoeira*, 1835. Gravura. 17,0 x 24,8 cm.

Júlio Emílio Braz

Essa história de falar de si mesmo para os outros soa meio casca de banana para mim. Primeiro, porque são quase 200 livros publicados, e eu não aguento mais dizer que sou mineiro, mas moro no Rio, e, principalmente, que nasci em 1959, portanto, estou inescapavelmente velho. Segundo, porque, se falo muito, menciono prêmios e coisas do gênero, ainda acrescento ao "velho" o implacável "exibido". Prefiro falar do livro. *Um encontro com a liberdade* foi escrito com o propósito de mostrar tanto uma visão crítica da libertação dos escravos no Brasil quanto um de seus maiores críticos: o genial, porém sempre esquecido, ou pelo menos subestimado, André Rebouças. Por meio de um encontro ficcional entre ele e um jovem afrodescendente em conflito com a condição de ex-escravo, busquei apresentar ainda seu projeto de abolição, bem distinto daquele levado a cabo pela Lei Áurea. Uma sincera reflexão sobre o que fomos, o que somos e o que poderemos vir a ser. Joaquim Nabuco, o célebre abolicionista, em certa ocasião disse que a escravidão no Brasil durara 300 anos, mas que seus efeitos permaneceriam mais 300. Não é possível entender o Brasil de hoje sem um estudo sério da escravidão, pois, em certa medida, ela nos definiu como sociedade e povo. Leia o livro e pense a respeito.